赖声川
【著】

中信出版集团 | 北京

图书在版编目（CIP）数据

幺幺洞捌 / 赖声川著 . -- 北京 : 中信出版社，
2020.10

ISBN 978-7-5217-2064-8

Ⅰ . ①幺… Ⅱ . ①赖… Ⅲ . ①话剧剧本－中国－当代
Ⅳ . ① I234

中国版本图书馆 CIP 数据核字（2020）第 133491 号

幺幺洞捌

著　　者：赖声川
出版发行：中信出版集团股份有限公司
（北京市朝阳区惠新东街甲 4 号富盛大厦 2 座　邮编　100029）
承 印 者：河北鹏润印刷有限公司

开　　本：787mm × 1092mm　1/32　　印　　张：3.5　　字　　数：55 千字
版　　次：2020 年 10 月第 1 版　　印　　次：2020 年 10 月第 1 次印刷
书　　号：ISBN 978-7-5217-2064-8
定　　价：39.80 元

赖声川的戏剧创作

赖声川编剧、导演、舞台设计

2019

－人物－

2019年

舒　　彤　女作家

老　　庄　舒彤的男朋友，网络媒体人

小　　如　舒彤的女助理，出版社员工

老 老 李　90多岁，老人

邻居先生　有精神衰弱

中介太太

搬运工人（两位）

小 朋 友

1943年

白　　石　眼盲雕塑家，地下工作者 ，由饰演老庄的演员演出

老　　李　18岁，地下工作者，由饰演老老李的演员演出

安　　娜　舞女，地下工作者，由饰演舒彤的演员演出

潘 国 雄　投日的汉奸，由饰演邻居先生的演员演出

日 本 兵（两位）

搬运工人（两位）

侍　　者（两位）

年代不详

钢琴调音师

乞丐、女工、清洁工人

- 时间 | 地点 -

上海一栋老厂房改造成的工作室 / 住宅。2019 年与 1943 年同时并存于这个空间里。

2019 年是女作家的工作室 / 住宅。

1943 年的空间是白石的雕塑工作室 / 住宅 / 地下工作空间。

2019 年的工作室是高档、简约的，1943 年的是破败而简陋的。

洞幺

灯光渐亮。舒彤，一位女作家，站在一个宽敞空旷的旧工厂／工作室／住宅空间的二楼，看着环境。她穿着有些邋遢，但很有风格，既脱线又清新。

两位工人正在搬一张珍贵的楠木书桌进来。小如，舒彤的年轻女助理，正在指挥。

小　如　小心……这个很值钱……

工人一　放哪儿啊？

小　如　（指挥）就放这儿。嗯舒老师，好不好？

小如回头看二楼的舒彤，舒彤示意换位置。

回来回来。

工人一　这都超时了，我们还要赶下一家。

小　如　很快的。往这边……

工人二　今天又不是只有你一家在搬家。

舒彤用手势定位。工人摆好桌子，下。

从另外一个门，两位穿着比较老旧的工人服的工人陆续搬几个大箱子进来。老李，一个 18 岁的年轻人指导他们。

舒　彤　（看桌子）这什么桌子？

小　如　舒老师，庄先生帮您弄来的古董楠木宫廷书桌，在上面写作包您灵感立马涌现！您感动不感动？

舒　彤　古董楠木书桌是写宫廷戏用的，我现在写的是“二战”抗日地下党。

工人上长椅。舒彤下楼，指导位置。

老庄，舒彤的男友，上。他的穿着像金融界的生意人。他手里拿着手机，随时划。

老　庄　好，亲爱的，请你告诉我写“二战”抗日地下党小说需要什么样的书桌？我帮你去买！你需要各种不同的感觉，我统统给你！我给你租的这栋过去租界老厂房很有感觉吧？可以开始写了吗？

小如手上拿着两杯饮料放在凳上。

小　如　舒老师，赶快喝我帮你买的焦糖拿铁，马上灵感就会涌现！

舒　彤　小如，我在写“二战”地下党。

同时，老李正在和一位工人卸下一个门，靠在墙边。

老　庄　So？

舒　彤　焦糖拿铁是上一部小说《拿铁男女》用的！

老　庄　OK。上一部“主题饮料”是焦糖拿铁，那请问写“二战”抗日恋爱中的地下党要喝什么？

舒　彤　他们并没有恋爱。时代不让他们爱。

老　庄　那你可以帮他们创造时代！你是作者，你是他们的上帝！赶快写！读读网就要靠我们伟大作家舒彤的下一部小说的IP才能上市！

老庄拿凳上的一杯饮料，用吸管戳，戳不破。

舒　彤　你的格局可以更小一点吗？

小　如　（对老庄）她今天是……？

老　庄　她每天都是作家、艺术家、天才！

舒彤走来走去，看到门边被拆下来的门板。

舒　彤　（指着门板）这个应该行。

小　如　啊？

舒　彤　架起来。

老　庄　那些工人呢？

小　如　他们搬完，走了。

老　庄　那赶快架起来，擦干净。一片斑驳孤独的老门板，大作家找到了下一部小说的“主题桌”。

小　如　好精彩！这样安排是不是意味着谍战小说写完了，“下面”就是写宫廷戏？呵呵。

老庄把门板直接架在楠木桌上，小如帮他。

老　庄　（对小如）你不管，现在对就对！舒老师就是需要一切都对才能写作。书桌的材质要对，椅子的方位要对，台灯的色温要对，饮料要对，音乐要对，芳香精油的味道要对……

舒　彤　旁边的人更要对。你们弄完赶快走吧。

老庄拿出一个复古收音机，到墙边把它架起来。

老　庄　不管怎么说，这绝对会让你有感觉的！

舒　彤　什么？

小　如　仿古收音机！

老　庄　这不是仿古，这是真正1943年“良友”牌老收音机的外壳，里面装的是最高配的网络收音机。

小　如　好可爱！

老　庄　还是语音控制的呢！你可以在“二战”地下党的音乐氛围里写作，只要你吩咐一声“爱德华，给我灵感”就可以。

舒　彤　“爱德华”？不就是你的洋名？

老　庄　在软件上为你特制的！随叫随到！

小　如　好浪漫！

老　庄　来，说一声“爱德华，给我灵感”。

舒　彤　“爱德华，给我灵感”。

收音机放出音乐来，一首俗气的流行曲子。

这叫灵感？爱德华，你太不行了！关掉！关掉！

哎哟！爱德华！我说你呀！老庄！

老　庄　喔。重启一下应该可以。

老庄把收音机关掉，研究。

舒　彤　灵感不是这样的。灵感只能让它发生。

老　庄　让什么发生？

舒　彤　什么叫天时地利人和？只要一切的因缘到位，即使你在河边拿根稻草也能插入巨石中。这是一位印度智者说的。

老　庄　因缘际会已经成熟了，舒彤，凭你现在的知名度，你写什么都有流量。赶快写吧。

小　如　对啊，舒老师，我就不明白，你为什么不写《拿铁男女 2》，然后马上出 3、4……我都可以帮你。

老　庄　小如就是个快手。

小　如　先来吃点东西吧，我从外面买了一些好吃的，来……

小如把菜放好在桌上。舒彤与老庄坐下来，面对面。舒彤拿出她的手机，架在两人中间的烛台上。

从另外一个方向，老李上，坐在大窗边整理工具。

舒　彤　（对手机）老庄，吃饭了。小如买了附近（拍）好像很好吃但其实没什么灵魂的熏鱼、红烧肉……

老　庄　你在干什么？

舒　彤　我在跟你微信。

老　庄　可是我站在你面前！

舒　彤　距离不是用尺量的。

老　庄　艺术家！

舒彤突然难过，起身，不吃了，走到窗口。

舒　彤　啊我好讨厌自己，讨厌自己的作品。《拿铁男女》的女主角不敢爱，不敢恨，不敢活着！只能躲在一杯完美的拿铁背后看人生从她面前走过去。这种东西竟然大卖！我需要彻底脱胎换骨改头换面，不然永远就是这么一个可恨的人，贩卖自己的忧郁。

沉默。

老　庄　（边起身往外）亲爱的，还有人等我谈事情，晚一点见。恭喜你入住这么老的新房！赶快写！爱你！

老庄下。

舒　彤　你不爱我，因为你连邻居都不爱。你不爱门口的树、早上十字路口的交警、帮我们搬家的工人、路边摆摊的阿姨、挤在地铁上的秃头中年男人、跑步去上学的孩童……你……

小如拿着手机拍舒彤说话。舒彤发现了，向小如挥挥手。

小　如　那舒老师，我就不打扰您了。

舒　彤　我不是你的老师，不要叫我老师。

小　如　艺术家是我们全社会的老师，你是大家的老师。

舒　彤　去去。

小　如　（鞠躬）老师再见。

小如尴尬地拿着拿铁下。

灯光变化。

洞两

舒彤在笔记本上写字。一台钢琴调音的声音。

敲门声，有暗号的。在与舒彤同一个空间里，老李开门，是舒彤的后门，但是老李、白石的前门。两位穿着 1943 年工人服的工人搬一个盖着布的大雕塑进工作室。从空中出现舒彤的声音，好像在读稿、做旁白，又好像在创作中。

舒　彤　（声音）"《幺幺洞捌》。一个空荡的厂房。在上海虹口一个空荡的厂房。空荡。等待故事的发生……"

老　李　（对工人）小心一点，这个大雕像快雕好了，来，往这边搬，往这边……

2019 年的舒彤继续写字。老李把雕像的布掀开。

白石从内上，他是一位眼盲雕塑家，穿着工作服，手里拿着手杖，但在这空间里行动自如。他站在窗口，深呼吸。

白　石　秋天最后的桂花香。

老　李　白老师，你闻到了？我都闻不到。来，吃点柿了，刚上市。

老李拿柿子给白石吃。白石走近雕像，摸着，摇头。

白　石　这个世界已经不可能做出美的东西了。

老　李　客人订的，就做吧。（把雕像盖的布掀开）

白　石　订一个复制品干吗找我们？他们要罗丹的《亲吻》，自己去买一个真的就好了。要我帮他们雕一个仿冒品摆明就是要侮辱我。

老　李　啊呀，日本人订的，有什么办法？

白　石　老李，是不是有人在调钢琴？

老　李　我没有听到。

白　石　没有吗？

老　李　在我闻不到的桂花香里，有人在调一台我听不见的钢琴。白老师您真是……

2019年的舒彤开始玩古董收音机。

舒　彤　爱德华，来点儿有趣的好吗？哎，醒来醒来，我需要听音乐啊！

钢琴调音的声音消失。

嗐，爱德华，你歇一会儿，我自己找吧。

舒彤自己转钮找台，放出现代爵士乐版的老歌“Someday I'll Find You”即兴演奏部分。

这还有点意思。

舒彤随着音乐摇摆。在1943年，白石听见音乐，注意听。工人正搬东西进来。

老　李　什么？

白　石　嘘。听。（对工人）好了，你们可以走了。

老　李　（对工人）走！现在。

工人下。老李仔细听，他走到老收音机的位置，是舒彤用的同一台。

它怎么自己唱起来了？

白　石　嘘！

老　李　这是……？

白　石　一种先进的爵士音乐。

老　李　您是专家。西洋奔放的即兴音乐。

白　石　但是我没有听过这种曲风和技巧，完全超越时代。

奔放的萨克斯风即兴吹奏回主题旋律。

等一下，这首曲子原型本身我认得。（听）对，这是一首英国话剧里的歌曲。我以前看过，当我还看得见的时候。

歌曲结束，收音机自动转成嘻哈音乐。

舒　彤　这什么？爱德华，你造反啦？你需要教育！

舒彤把收音机关掉，摇头。
白石在柜子里找唱片。

老　李　难道是……幺洞幺想跟我们说什么？

白　石　嘘。

老　李　不是，我们一向是发信号，从来就不是……这一台是不是不同？

白　石　新的，刚送来。

老　李　“良友”牌？

白　石　赶快！我们研究一下，快放。

白石拿唱片给老李放，20 世纪 30 年代同一首歌曲的演唱版本。舒彤也听到。

是不是？

舒　彤　爱德华，你在干什么？我已经把你关掉了，你怎么自己……？爱德华？

老　李　同一首？

白　石　这个是刚才那首的原始版本。天啊，这里面有很多重要的指示。

老　李　关于“幺幺洞捌”？

白　石　嘘，不许说出行动的代号。这是幺洞幺的巧思，太厉害了。

老　李　什么意思？

白　石　歌词是这样的，（翻译歌词）“有一天，我将找到你，月光将在你背后，就像我们在做的梦中的场景一样……”

舒彤一起听。

老李从箱子里拿出一把手枪，藏自己身上。

老　李　玄了……白老师，你慢慢听。

白　石　你现在是去？

老　李　“拐幺勾”行动。

白　石　嘘，不说。确定是今天？

老　李　根据安娜的情报，必须是今天。

白　石　嘘，不说名字。

老　李　根据她。

白　石　你小心。

老　李　我想我如果等一下顺利回来的话，总部一定会让我做幺幺洞……

白使用手势阻止他说下去，老李带枪械下。

灯光变化。

洞叁

灯光亮。早上。舒彤从楼上床上醒来，睡眼惺忪。

舒　彤　老庄，你好了没有啊？唉，这房子只有一个卫浴，真不方便。

舒彤从楼上下。

老　庄　（声音）你要几个厕所？你每天要换着上才有灵感是不是？给你找个主题厕所吧？

马桶冲水声。老庄从楼下厕所出，看着手机。

睡得怎么样？

舒　彤　不怎么样。

老　庄　那就好。

舒　彤　老庄你太过分了！现在我说话你都不听就回答了！

老　庄　抱歉，我在看一个重要的消息。

舒彤在厨房做咖啡。

舒　彤　什么？

老　庄　嗯，不重要。那你睡不好怎么办？

舒　彤　才好！一直做梦一直醒，好过瘾。就是新小说的内容，不断在我梦里发展，之漂亮，之清楚，之精彩。

老　庄　那太好，赶快写出来。

舒　彤　忘了。

老　庄　啊？是不是我打呼？

舒　彤　你说呢？

老　庄　（小得意）我以前有一个女朋友就是因为我的鼾声离开我的！

舒彤开厕所门。

舒　彤　这还能炫耀？

老　庄　（对手机）小如，今天行程很满，你帮我记，记得提醒我哈……

舒　彤　现代人基本上只需要记得吃饭就能活下去。

老　庄　啊？你要我在网上帮你订餐？

舒　彤　等集体记性退化完毕，那是一个没有记性的时代。就像这房子一样。

老　庄　（起身）啊？……

舒　彤　那你跟我说，这里以前住的是什么人？

老　庄　不知道，而且不重要。

舒　彤　重要！我们连自己住的房子，曾经什么人早上在这里喝茶、说话、谈恋爱，都不知道。这里发生过什么事，多少生命、多少梦想、多少酸甜苦辣，跟我们无关。

老　庄　本来就无关。记得之前干什么？之前这整个区都乱七八糟，现在一切改造得这么好。你看，这么宽敞的一个工作室，完全像纽约 SOHO 的 loft。（看手机）我上班了。

舒　彤　你不错，不愿意去记这房子里住过什么人，但还能记得上班。

老　庄　那你还不是记得要写小说？

舒　彤　我写故我在。

老　庄　挺有哲理的。我赚故我在。

舒　彤　你走故你不在。

老　庄　嗯。（对电话）喂？……

老庄笑，下。

舒　彤　你什么时候会变成英雄？

灯光变化。

洞肆

舒彤穿着外套，坐在房子外面长椅上，在笔记本上写字。

老老李，一位老人，抽着烟，在门口逗留。

舒　彤　先生，对不起，可不可以不抽烟？

老老李　这里是外面。

舒　彤　这是我家门口。对不起，我很敏感，我也很啰唆，抱歉。

老老李　没关系。你是新搬来的？

舒　彤　对，昨天。

停顿。老老李仔细看舒彤。

老老李　安娜？

舒　彤　谁？

老老李　没事。你长得很像我一个老朋友，（摇头）但那是很久以前。我可能太想见她，所以看错了。你是……搞艺术的？

舒　彤　你认识我？

老老李　不认识，但是我认识那种感觉。

舒　彤　老先生，你知不知道这栋房子以前是干什么的？

老老李　我？

舒　彤　是。

老老李　我不住这里。我住在虹口公园那儿，只是经常过来而已。

舒　彤　过来干吗？

老老李　没事，看看，散散步。年纪大了，来这儿可以想一些事，回忆一下过去。

舒　彤　您多大年纪？

老老李　我这么说吧，当年所有牌搭子里，早就只剩下我了。

舒　彤　你知道这栋房子的历史？

老老李　一些。

舒　彤　那我可以请教您吗？我需要灵感。

停顿。

老老李　改天吧。

舒　彤　为什么？

老老李　因为我现在需要抽烟。

老老李走远，下。

舒彤仍然坐在家门口，邻居太太过来跟她聊天。

邻居太太　新搬来的？

舒　彤　是。

邻居太太　你多少钱买的？

舒　彤　租的。

邻居太太　有机会的话赶快买下来。

舒　彤　为什么？

邻居太太　这里是最好的学区，这栋房子如果在市面上马上被抢掉。

我告诉你，小朋友可不能输在起跑线上。

舒彤笑。

什么好笑？

舒　彤　没事，只是，我对这些不了解，也没兴趣。抱歉。

邻居太太　你最好有点兴趣，要不然你吃亏吃大了！

舒　彤　（态度突然变不好）我吃什么亏？生意人用恐惧来吓唬你，你还真信？如果孩子学区不好就输在起跑线上，那这个起跑线就是有问题的起跑线！啊，我们这个时代什么时候变得这么庸俗短视？我去哪里找出口？我需要一杯手打泡沫大吉岭。

邻居太太觉得舒彤很奇怪，走掉。

灯光变化。

洞伍

枪声一声，警铃声，警哨声。

1943 年，深夜，白石正在努力雕他的《亲吻》像。老李用暗号敲门，然后开门。他走路一拐一拐的，很冷静地把枪械装回箱子。警哨声持续。

白　石　你的脚？

老　李　没事，翻墙脚踝挫了一下。她没来？

白　石　没。那……？

老　李　这么晚不来，今天不会来。

白　石　说好的。我担心她。

老　李　你担心她？她是何许人物！你担心我还差不多！

白　石　我是担心你。到底怎样？

老　李　太过瘾了。就因为她的情报，“拐幺勾”行动简单得跟“拐小狗”一样。这是走向“幺幺洞捌”微妙的伏笔！

白　石　好了，不说了。赶紧汇报。

老李从墙壁中拉出一个秘密空间，是一个小录音室。白石放下工具，熟练地展开工作，把原墙上的留声机和收音机接到录音室的发送机和其他器材上。老李开始编辑一些杂音密码。

老　李　白老师，你发明的密码简直是天才！夹杂在短波讯号的杂音之中，然后……

白　石　今天我们用……（思考）短波幺两勾洞。

老　李　短波幺两勾洞。准备。

两人非常熟练地作业：老李把黑胶唱片放在留声机上，按钮，放唱针，再按钮，轻拍白石的手。白石在麦克风前担任起电台古典音乐主持人的角色。

大乐团版的“Someday I'll Find You”前奏出。

2019年的舒彤听到音乐。她起身，在屋里走动，寻找声音。

舒　彤　爱德华，你又在干什么？

白　石　（对话筒）各位爱乐的好朋友，晚上好。最近收到来自英国的最新唱片，让我们大家一起来欣赏由法兰克柴科斯菲尔德大乐团取自诺尔考沃德著名话剧《私人生活》的曲目《有一日我将找到你》，“Someday I'll Find You”。请欣赏。

老李在音乐中按钮，加入杂音密码。

舒彤陶醉在音乐里，舞动起来。

白石被华尔兹音乐的节奏带动，也随着音乐起身，舞动。

舒彤、白石虽在不同的年代，但舞姿几乎同步，两人好像跳成一对，但身体并没有接触，舒彤也看不到白石。

音乐结束，二人感觉到彼此，停下来。

舒　彤　你是谁？

白　石　我是……我在做梦吗？

舒　彤　我想是我在做梦。

白　石　那谢谢你让我来到你的梦里。

敲门声，白石对老李做个暗示，老李立即把秘密发送空间关闭。

2019年的舒彤错愕，听不到音乐，也感受不到白石。舒彤坐回椅子上，有些晕眩，已经感受不到另一个时空。

舒　彤　啊？你……？你去哪儿了？爱德华，你……真没用！

老李开门。潘国雄，一个汉奸，带着两个日本兵，穿着风衣，戴着帽子，帅气十足，像风一般上。他说话有一种夸张，随时带有讽刺意味。

潘国雄　哎哟，哥们儿，你搬到这里来了？（看看四周）好多了！这样我可以经常来看你们！之前你那工作室放在那荒郊野外的破地方，怪可怕的！我都担心那里那么偏僻会见鬼！

白　石　中国鬼还是日本鬼？

潘国雄　当然是中国鬼！日本人打进上海不就从那儿一路过来？啊呀，那回可真是尸横遍野！中国人嘛，没办法，素质差、军备差、纪律差，最重要的是，没斗志！怎么可能抵得住皇军？

白　石　没错，所以中国人捍卫家园死了应该的。

潘国雄　啊哟，白石同学啊，你总是这么理想主义啊！值得钦佩！

白　石　好了，“哥们儿”，日本鬼有什么事？我在工作。

潘国雄　啊呀！大师不能随便打扰！没事，没事！来看一下而已！关心一下！马上走！

潘国雄转头对两个日本兵。

喂，看清楚，这就是白大师新的工作室！记住！白大师是我的哥们儿，是我们尊敬的大师！

两位日本兵突然敬礼。

日本兵一、二 （齐声、敬礼）嗨！尊敬的大师！

潘国雄研究《亲吻》雕像。

潘国雄 其实今天来是要提醒你们，最近你们得小心一点。听说最近附近很多不良分子活动着，刚才还有狙击手在这个弄堂里！荒诞至极！反正你们不要一不小心脑袋都没了！当然，我不是来搜查你们的！你们是善良百姓、艺术家，大师啊，大师这儿怎么会窝藏狙击手呢?!（突然指示日本兵）搜!!

日本兵到处搜查，走到密室附近，看了一看，又走开。老李有些慌张。

老　李 喂，小心点！

潘国雄 （对老李）哎哟，小兄弟，看你紧张得呢！

潘国雄欣赏雕像。

啊呀真漂亮啊！白石，不是我说，我觉得你失明之后啊，作品更有感觉了！真不愧为大师的经典作品！

白　石 潘国雄，我们以前一起上学的时候叫“大师”都是骂人的话。

潘国雄 咦！我怎么敢骂大师？啊？大师是有权利随便叫“鬼”的。（对日本兵）怎么样，没有吧？

日本兵一 报告！没有！

潘国雄 当然没事，大师怎么会藏狙击手呢？大师进度不错，月中就可以交货吧？

老　李　合约签的是月底。

潘国雄　合约，合约，中国人哪需要这种洋玩意儿？我们不就一句话，是不是？真不好意思，第一次来你这儿都没带东西！走！想念我的话，我就在这儿。

日本兵一、二　（齐声）敬礼！沙扬娜拉[1]！

潘国雄带两个日本兵下。

白　石　不送。

潘国雄停步，端详雕像。

潘国雄　（看一看雕像）哎呀，真是漂亮！

潘国雄三人下，老李把门锁好。

老　李　狗，鼻子真灵！

白　石　我们已经被他们盯上了，一切需要谨慎。

老　李　白老师，你放心，我的任务执行得天衣无缝，他们不会查到这里的。

白下。灯光变化。

2019年，老庄的鼾声。舒彤还在寻找空气中的声音。

舒　彤　喂……你在吗？你在吗……？

突然，2019年强烈的敲门声响起。舒彤吓一跳，去开门。邻居先生在门口，按门铃。

邻居先生　请你音乐放小声一点好吗 ?! 我在你楼上……

舒　彤　什么？

邻居先生 太大声了！

舒 彤 可是没有啊……

邻居先生 没有啥？

舒 彤 不是……那不是我放的。

邻居先生 不是你放的是我放的?!

舒 彤 呃好，我会注意。

邻居先生 里面还夹杂着高频的电波！

舒 彤 什么？

邻居先生 存心要害我！还有你们跳舞的脚步声太大了，而且刮过来刮过去！

舒 彤 我在你楼下！

邻居先生 我的神经衰弱，我的睡眠不足。我的睡眠不足就是因为我的神经衰弱，我的神经衰弱就是因为我的睡眠不足，你懂不懂！ 任何大声我就没法睡觉。

舒 彤 对不起。

邻居先生 这次算是警告，下一次……

邻居先生下。舒彤回去找声音，已经没有了。

舒 彤 喂……你在吗？你在吗……？

舒彤失落，老庄醒来。

老 庄 （边看手机）在……在。怎么了，亲爱的？

舒 彤 赶快救我。

老　庄　怎么了?

舒　彤　楼上的邻居——他威胁我。

老　庄　啊?

舒　彤　因为我音乐放太大声。

老　庄　那是你不对，我都被你吵醒了。

老庄划手机，起身去上厕所。舒彤看着老庄，不可思议。

舒　彤　老庄，我好像没让你明白。我被人威胁了。

老　庄　什么?他说了什么?

舒　彤　他说这次算是警告，下一次……

老　庄　啊呀，这种话说说而已。你以后音乐不要放那么大声就好。

舒　彤　我没有放大声，比你的鼾声小多了!而且我放的是优雅的爵士乐，谁听了都会享受，除了那个疯子!还有你这种没骨头的男人!

老　庄　现在变成我没骨头?那你要我怎么样?上去找他，打一架?!

停顿。

舒　彤　如果你是英雄就会这么做。

老　庄　(看手机)等一下，亲爱的，我处理一件重要的事。

老庄弄手机。

舒　彤　什么事比英雄救美更重要?

老　庄　(没注意听)……刚刚在点的消夜被取消了!

舒彤愤怒地下。

真的很烦，已经第二次了，就是这个时候想吃他的腊味饭！

我已经告诉他我自备餐具……舒彤？……舒彤？……

老庄找舒彤。

老庄到床上，关灯，躺下，睡觉。

洞陆

2019年的舒彤坐在外面椅子上，在笔记本上写字。小如上，手上拿着一杯饮料。

小　如　还好吗？我给你带了一杯焦糖玛奇朵。

舒　彤　嘘。

小　如　什么？

舒　彤　太美了。

舒彤掉泪。

小　如　什么？

舒　彤　我们一起跳着华尔兹。一个爵士大乐团。

小　如　谁？什么时候？

小如有些担心。

舒　彤　昨天晚上我好像走进他的梦，还是他……是一个共同的梦吗？

小　如　哇，好艺术哦！有共享单车，还没听说有共享的梦！

舒　彤　我终于觉得这栋房子对了！我终于觉得我活着！

老庄从外回，看到她们。

老　庄　忘了充电宝。

小　如　我有帮你带。

老　庄　喔，那我们走吧。（对舒彤）重要会议。晚上出去吃吧？随便？那我们带好吃的回来？

两人转头走。老庄下。

舒　彤　喔小如，我问你，为什么我搜寻的任何问题都没有人能解答？

小　如　可能你的问题太难吧。

舒　彤　难？我就是想知道这栋房子有什么人住过！

小　如　我可以帮你去派出所查查看。

舒　彤　可以吗？

小　如　不知道，总值得试。

舒　彤　那你顺便去图书馆找一找那个时代的资料。

小　如　不是，舒老师，我还是不太理解，这些对你有什么帮助？我觉得你应该多利用我的时间来帮你打稿子，帮你编辑文字，甚至你提示我大纲我就可以帮你完成一些章节。

舒　彤　请问你可以去了吗？

小　如　是，舒老师！那老师，我们走了。

舒彤挥挥手，小如下。

老老李上，带着一根香烟。他本来要点烟，看到舒彤，又走开。

舒　彤　老先生，等等。

老老李　我要抽烟。

舒　彤　抽吧，我想跟您聊聊。您是什么时候来过这里？

老老李 很久了，而且时间很短。

舒　彤 哪一年？

老老李 太久了，说了会暴露我的年龄。

舒　彤 （笑）那有什么关系？

老老李 你说对了，一点关系都没有。1943。秋天的时候搬进来的。我记得，院子里的桂花还剩点余香，街上的水果摊刚开始卖柿子。

舒　彤 1943？那不是日本人统治的时代？

1943年，工人三搬梯子上，白石上，在梯子上雕像。

老老李 那是一段灰暗的日子。那个时代，在上海，你走在路上只许低着头。

舒　彤 不然？

老老李 抬头想看看太阳，看到日本兵，一棍打下来。亡国的感觉，你没法了解。

舒　彤 你们是做什么的？

老老李 我们是一个极度秘密的地下组织，这栋房子就是我们的中心。

舒　彤 真的?!

停顿。老老李突然大笑。

老老李 开玩笑！怎么可能？极度秘密会跟路人甲说？哈！我去抽烟了。

老老李下。

灯光变化。

1943年的白石正站在梯子上雕塑《亲吻》，工人三帮他扶住梯子。

白　石　欸，你看这块儿怎么样？

工人三　老师，很漂亮，很好。

白　石　好不了，这就是个烂活儿。

工人三　啊？

白　石　啊呀，说到底，雕这个雕像太无聊，复制品，这些日本将军也没什么鉴赏力。

老李上，到桌边整理文件。

老　李　等这个做完你就可以做你想做的！

白　石　（边雕刻）不可能，做艺术家就是被诅咒，在乱世中只能做别人叫你做的东西。在安定的时代，反而没有事好表达。

老　李　无奈。

白　石　打日本之前，那时眼睛还看得见，我做了一次长途旅行，追踪玄奘的脚步，经过"丝路"，到了很多地方，看到过去的人是如何玩雕塑的。

老　李　敦煌石窟。

白　石　还有印度阿旃陀和埃罗拉石窟。不可思议，一个巨大的寺庙从山里面活生生雕出来！当年那才叫雕塑家！竟然都没有留下名字！

老　李　为什么？

白　石　以前的艺术家不觉得有必要凸显自己，而且像是到了阿富汗，在巴米扬看到直接从山里雕的巨佛像，那种震撼，怎么可以突然看到“哟嘿！你看这儿有个签名！”

老　李　那可真煞风景！（对工人三）同志，把这个送出去，今天不用回来了，别被别人看到。

工人三　是。

工人三下。

白　石　两尊大佛，五六十米高。一千五百年来，安静地、慈祥地、和平地，守护着这块土地上的人们。

老　李　真是世界奇观。

白石一边说话一边拿起雕刻刀，闭着眼睛雕刻空气。老李整理武器。

白　石　我站着看，呆了，脑子里不断地赞叹，这些人当年是怎么做的？那么虔诚地刻出那么完美的、那么巨大的、那么神圣的物体？是人赋给雕像神圣的特质，那人的神圣特质又是哪里来的？那种能力，是人之所以能称为人的罕见见证。

老　李　雕刻的能力？

白　石　虔诚的能力。现在的我们只能选择雕塑痛苦、雕塑冲突、雕塑无奈。

停顿。

老　李　老师，等胜利，我帮你找一座山去雕！

敲门声，有暗号。老李去门口看，小心地开门。安娜，一位美丽的舞女，上。她表情严肃。

老　李　安娜……你今天怎么这么晚过来？

白　石　嘘……不要讲话，开机！

白石无声地迎接安娜，让她脱下外套。她穿着一件华丽的旗袍。同时老李迅速地把密室打开，开里面的录音器材。

安娜二话不说，坐在录音机前。老李坐在操作的位置，白石在旁边。老李给安娜暗号，安娜开始说话。安娜的话像是在重复别人的，其实她未必理解她所说出的一切，只是在背诵她所听到的一切，而她的听力记忆是百分之百准确的。

安　娜　（日本口音）东经 121° 31’ 46”，北纬 31° 18’ 21”。现在发展出很多你想不到的东西。怎么能跟你说呢？把热气球跟炸弹科技捆绑在一起，想不到吧？还有 731，731 你都没听过？

731 发展出来最新的武器马上就可以用了！哪一个城市就不告诉你了。其实最厉害的，不能跟你说，因为你根本不会相信。在 Noboribetsu（登别）的实验室……一束光照到你身上，然后你就死了！真的，骗你干吗？一千米以外，一束光，全部死！还打什么仗？喝酒！喂，乐队，《战友》！我要听《战友》……快！

（唱）“嗯……”（《战友》的旋律）

许久。安娜举手，老李把录音机关掉。

老　李　说完了？

安　娜　没有了……等一下，还有，他接了一个电话。

老李又把录音机打开，安娜专心。她说日文，但全部是听来重复的，她其实不懂日文。

（日文）321 行動計画を立てる方法は？なぜ進めるのかアドバンスは最善の戦略ではないかもしれません。敵の新しい戦闘機が終了するまで待っていたら、ちょうど解決されました。しかし、今私たちが受け取る情報は新しいパスワードであり、元のパスワードは機能しません。あなたはその本を失うことができます。ひびが入っています。問題はありません。亀裂の完全なセットで一週間まで！天皇万岁！

（321 行动策划得怎么样？为什么要提前？提前未必是最好的策略。如果等到月底，敌人方的新战斗机到位，正好一起解决。但是我告诉你，我们现在收到的情报是一种新的密码，你原来那一套是不管用的。你那一本书可以丢掉。正在破解。没有什么难的。最多一星期就全套破解！天皇万岁！）

安娜停顿。沉默。安娜举手，老李停机。

白石拿一杯茶给安娜，两人静静的。

白　石　坐一下，吃点东西，刚上市的柿子。

安　娜　不用了……我还要赶着回去。

安娜起身，白石帮安娜穿起外套，老李去大门看。

白老师……你最近辛苦了……

白　石　你辛苦了。

老　李　不安全，走后门。

老李带安娜往后门，开门看。

白　石　安娜，请你一定保重。

安　娜　你也是。

安娜从后门下。

白石拿出一张唱片给老李看。

白　石　（对老李）快！

老　李　这一张？那是直通幺洞幺的。

白　石　对。

老李给手势，放唱片。

（对话筒）各位爱乐的好朋友，晚上好。最近又收到从伦敦来的最新唱片，我们大家一起来欣赏这一首由瑞士著名钢琴家埃德温·费许儿演奏的贝多芬第八号钢琴奏鸣曲，第二乐章，作品十三，《悲怆》。

白石放唱片，老李放出听起来是杂音的声音，但其实里面藏着高音密码，这两个声音同时从机器中发出。

灯光变化。

洞捌

调钢琴声。调音师开门，上，看看一楼的钢琴，下。晚上，小如一人在看舒彤的手稿，同时听到音乐。

小　如　（嗲嗲地）爱德华，求求你，不要放这些我听不懂的好不好？

老庄从外回。

老　庄　进度怎么样？

小　如　慢，有点看不懂，但很精彩。

老　庄　舒彤呢？

小　如　出去散步。奇怪，我听过所有作家都是出去散步之后回来就有一大堆点子，可是我就没有。

老　庄　那是因为你太快。

小　如　快就不能深吗？

老　庄　这个时代只需要速度，不需要深度。

老庄看稿子。舒彤上，在一种不可思议的情绪里。

舒　彤　（对小如）我简直屏住了呼吸——小如，快记：你知道那有多危险吗？然后她……不可思议……好美丽，好勇敢，好酷……而且，她有一种特异功能，就是"完全听觉记忆"。

小如快速打字。

小　如　这些话是属于小说的一部分吗？

舒　彤　凡是听过全能记得。记：当生命碰到不可阻挡的逆境，我们会被迫去担任其他的角色。我们不能选择这些角色，只能选择把它演好。

小如快速打字，老庄换睡衣。

小　如　可是我需要知道哪些部分是属于小说的，哪些部分是属于你个人生活笔记，不然……

舒　彤　你不需要知道这些！你是我聘来的助理，我叫你做什么你就做什么！我叫你买一杯卡布，你不需要问我喝哪一口是想小说用的，哪一口是想晚饭吃什么用的！

沉默。小如委屈。

小　如　是。

老　庄　呃舒彤，提醒你，小如不是你聘来的，她是读读网聘来的。继续。

小如继续打字。

你刚刚说什么？你又看到谁了？

舒　彤　不是用看的，是用感觉的。记：他们在做最危险的地下工作，就在我们所处的这个屋子里，就在这里！在我们面前！

老　庄　啊？

舒　彤　真的。

老　庄　舒彤，你的想象力不错。你其实可以尝试写科幻小说。

舒　彤　我说的都是真实的，而且非常真实。

老　庄　亲爱的，我也告诉你很真实的事，不是我要催你，但是真的要快。不要说我没有警告你，对手网站已经请了高手操刀，很快小说就上线。他们如果搞一些小计谋，被并购去上市的会是他们。

停顿。

舒　彤　你不相信我，对不对？

老　庄　我怎么会不相信你？你是作家！艺术家！天才！不管你看到了什么，或者没看到什么，我们都要接受嘛，对不对？抱歉，刚多喝了一点，我睡了。

老庄到床上，躺下。

小　如　那晚了，没事我也回去了。舒老师，今天对不起。拜拜。

小如收东西，下。

舒　彤　爱德华，请你放你昨天放的那一首，你……算了，我自己找。

老庄已经睡着了，打鼾。舒彤在收音机上找音乐。

妈的，不知道一首歌的名字或演奏者，怎么找？等一下……

舒彤看说明。

"听觉辨识系统：哼得出来就能找得到。"我的妈呀，怎么哼？爱德华，帮我找（唱）"嗒嗒……嗒嗒嗒……嗒……"嗒你妈个头，我都不知道在哼什么，它怎么会知道？

收音机回复一首荒谬的流行歌曲，舒彤烦恼。

不是"嗒嗒嗒——"是"嗒嗒……嗒嗒……嗒……"！（对

老庄）啊哟你小点声行吗？

收音机又回复一个荒谬的答案。

同时，白石心烦，起身，放唱片，钢琴独奏版的“Someday I'll Find You”。舒彤听到音乐。

哇，真有？对，就是它！

舒彤听收音机。她陶醉在音乐里，白石也一样。他们感觉到彼此的存在，但看不见。

舒　彤　这收音机自己会……？喂……是你吗？

白　石　是我。

舒　彤　你在哪里？

白　石　我在……我的工作室。你在哪儿？

舒　彤　我家，也是我工作室。你是谁？

白　石　一个渺小的人，叫白石。

舒　彤　喜欢音乐的人？

白　石　音乐是在雕塑时间，我是雕塑空间的。

舒　彤　在上海？

白　石　是。

舒　彤　虹口区？

白　石　啊？虹口？不远。

舒　彤　什么路？

白　石　百老汇。

舒　彤　啊？上海有百老汇路？

白　石　有啊。

舒　彤　哪里？

白　石　就是离日本电信局不远。

舒　彤　日本电信局？

白　石　那个老厂房。

舒　彤　我也住在一个老厂房里。

白　石　有没有一扇窗？

舒　彤　很多。

白　石　我自己是看不见，但有没有一扇看出去有一棵桂花树？

舒　彤　我们是不是住在同一个屋里？你在几楼？

白　石　二楼。

舒　彤　我也是。

白　石　我们好像在同一个空间里。

舒　彤　请问……你现在是哪一年？

白　石　什么？

舒　彤　1943？

白　石　你难道不是吗？

舒　彤　你真的是在 1943 年吗？

白　石　是啊，你呢？

舒　彤　我是 2019。

白　石　你是“2019”？幺洞幺那边的吗？

舒　彤　啊？

白　石　那是什么新的行动？

舒　彤　不是，是年，2019年。

白石去检查收音机、唱机，发现没有在用。

白　石　你的声音到底从哪里来？

舒　彤　这是我家，我就住在这里。不知道为什么，我可以听到你。

白　石　两洞幺勾……你真的在两洞幺勾，呃，2019年？

舒　彤　是，2019。

白　石　在我们后面70多年。我们胜利了没有？

舒　彤　老早就胜利了，抗日战争1945年就结束了。

白　石　我们胜利了？

舒　彤　是。

沉默。白石感动。

白　石　那你的世界是什么样子？

舒　彤　2019？

白　石　还有桂花和柿子吗？

舒　彤　（笑）有！还有很多东西你一定没见过。

白　石　比如说？

舒　彤　现在有火箭可以上火星；有无人车，不需要驾驶；人类基因密码已经破解了，我们可以克隆所有生物。

白　石　克隆？

舒　彤　复制。还有，我们发明了一种武器可以毁灭全世界，当年的胜利就是靠它。

白　石　真的有？

舒　彤　你知道？

白　石　我们都有听说，在发展中，K 两五基地。想不到……

舒　彤　我们有高铁，也有拿铁；我们有充电宝，还有支付宝。

白　石　（没听清楚）吃不饱？跟我们一样？

舒　彤　不会，我们吃得很饱。

白　石　那很好。这一切，听起来都是我们努力的结果。你们好幸福。

舒　彤　我们好幸福……？

沉默。

这么晚，你在做什么？

白　石　我在雕一个很无聊的订单，一个罗丹的复制品，叫作《亲吻》。

舒彤拿起 iPad。

舒　彤　罗丹我听说过……《亲吻》……你等一下我搜一下……（刷 iPad）就这个？看过。

白　石　在哪里看到的？

舒　彤　网络。

白　石　王络？一个人？

舒　彤　啊，很难解释。很方便，但是因为它，人类变得很懒惰，无聊的跟伟大的变平等，神圣的跟猥琐的也平等了。

白　石　怎么平等？

舒　彤　同样点一下就出来了，这就是平等。性价比一样。

白　石　什么“比”？

舒　彤　就是，啊，不重要。说说你的《亲吻》。

白　石　这是来自但丁《神曲》的故事，两人因为爱情的禁锢而被杀，但他们的爱是纯真的。

舒　彤　（看电脑）为什么不让他们吻上？只要让我试一次，吻下去，我就够了。

白　石　就差一刹那。

舒　彤　这一刹那就是永恒。

白　石　永恒的未完成，跟我一样。

舒　彤　哦？你有……未完成的亲吻？

白　石　嗯。

舒　彤　那你要勇敢地爱下去！

白　石　爱不需要勇气，不去爱比较需要勇气。

舒　彤　为什么不去爱？

白　石　为什么？有太多为什么。当为什么充满虚空，就无所谓答案了。

白石开始随着音乐雕空气。

舒　彤　你在做什么？你怎么不说话？

白　石　我在雕刻。

舒　彤　雕什么？

白　石　我在想象你的样子。

舒　彤　啊？

白　石　我感觉你很美好。

舒　彤　我？我差远了。

白　石　我想从空气中雕出很多美好的人，把他们放在一个美好的地方。

舒　彤　一个更好的世界。

白　石　一个有正义的世界。一个没有暴力的世界。一个有尊严的世界。一个有美的世界。我想雕出一个新的世界，一个新的时代。我要把这些人放在……你有没有听过一个山谷，在阿富汗，叫巴米扬……

舒　彤　没听过也没关系，搜寻一下就有。

舒彤搜寻 iPad。

白　石　在巴米扬的山谷之上，有两尊大佛，安详地看着这混乱的世界，眷顾着大地。我雕好的美好的人们就放在那里。

沉默。舒彤看 iPad。

舒　彤　1943，真不好意思。

白　石　什么？

舒　彤　这两尊大佛在 2001 年被塔利班毁灭了。

白　石　啊？

舒　彤　用炸药炸掉了，毁掉了，没有了。

白　石　（痛苦）为什么？谁？什么班？

舒　彤　不知道，因为恨吧？对，因为恨。

白　石　恨什么？

舒　彤　对啊。

白　石　有这么大的恨吗？

舒　彤　你不也在战争？

白　石　不可能！

舒　彤　但是发生了。

白　石　怎么可能……？

舒　彤　网络说的。

白　石　这位姓王的什么都知道？

白石痛苦。

舒　彤　照片上就是两个大窟窿。

白　石　2019，你到底在哪里？你来到我们工作室吗？不要这样欺负一个瞎子。

舒　彤　对不起，我没有要……

白　石　安娜，是你吗？

舒　彤　我不是，我是 2019。

白　石　我听出来了，你是安娜。没关系，2019，有太多事情我是没办法明白的。你跟我说这些，我也不知道是为什么。在这个乱世，我做好我这小小螺丝该做的，你能这样跟我说话，我也不问为什么了，你就是这么神奇。你是……我的女神。

舒　彤　1943，你才是我的英雄。

白　石　我？我是什么英雄？

舒　彤　我们这个时代充满各种超级英雄，就是没有你这种有真正的特异功能的英雄。

白　石　什么特异功能？

舒　彤　勇气，无私，奉献。

白　石　2019，这不叫什么特异功能，这叫没选择。这叫无奈。

舒　彤　我已经告诉你了，1943，一切会是好结果，我们会胜利的，你应该好过一点？

白　石　那 2019，如果我听了你的话，从现在开始不努力，结果会不会一样？

舒　彤　不知道。

舒彤走到收音机前。

我刚刚帮你搜到一首曲子，你听听看。可能你会喜欢。你等下，我连一下蓝牙。

白　石　什么牙？

舒　彤　嗯……不重要。

舒彤放出俏皮的大乐团版的“Someday I'll Find You”。

白　石　欸？还有这样的版本？好听。

舒　彤　对不对？

两人随着音乐起舞。老李看到白石，不解，坐到旁边工具桌抽烟。

两人脚步贴近，仿佛可以看到彼此，一起共舞。

突然之间，收音机自己放出贝多芬第八奏鸣曲第二乐章。

白　石　听……

老李冲出来，把唱片收掉。舒彤一下断线一样，感受不到另一个时空。

老　李　这是……？

白　石　这是贝多芬第八奏鸣曲第二乐章。

舒　彤　喂……1943？……喂……

白　石　幺洞幺直接对我们发话……

白石仔细地听，老李在纸上记下笔记。

什么？

老　李　等一下……

白　石　是关于“幺幺洞捌”？

老　李　是。幺洞幺说……“爱情必须先掏空然后才能被填满”。什么意思？

沉默。白石思考。

白　石　原来如此。

老　李　什么？

白石到雕像前。

白　石　太妙了。

老　李　啊？

白　石　原来这一尊雕像是行动用的。我……（突然寻找声音）喂……你在吗？你在吗？

老　李　我在。

白　石　不是，我说……刚刚幺洞幺说……？

老　李　“必须先掏空然后才能被填满”。

白　石　我们需要添一些工具。

白石、老李下。

突然之间，2019 年，铃声急响。

舒彤去开门。邻居先生在门口。

邻居先生　小姐，这样不太好喔。说好了，大半夜！

舒　彤　这……真的不是我！我……好，好……

舒彤去关收音机，邻居先生跟进。

邻居先生　还有，你请一大堆人来，什么意思？

舒　彤　啊？可是没有……

邻居先生　走了，是吧？一群禽兽，喝酒作乐！

舒　彤　真的没有！

邻居先生　滚蛋！什么没有？你每天大半夜听音乐就算了，今天是带人进来整我！（对空气）这里有一个这里还有一个！出去！

舒 彤 先生你再这样的话我报警了！

老庄醒了，下楼。

邻居先生 （指老庄）还有你！你们是一伙，要害我！

老 庄 啊？

邻居先生 我跟你说以前，从前有人住在我楼上，半夜把那家具在我头上拖过来拖过去，刮过来刮过去，就是针对我。你知道后来怎么样？

舒 彤 怎么样？

邻居先生 把他杀了。

老 庄 千万不要……！

邻居先生 你去问问警察。一刀捅下去，他没死，但他们也关不了我，抓进去七天，第八天就把我放出来，放出来我去医院去看他！你知道为什么？因为我是精神病！

老 庄 哎哟恭喜恭喜，不是……

邻居先生 你！（指老庄）还有你！还有……给我小心一点！

停顿。

老 庄 对对，我们不吵了！谁吵谁孙子！

邻居先生 孙子，对啊你们哪个孙子？

老 庄 我，我，我孙子。爷爷您回去睡觉吧！

邻居先生 我有这么老吗?!

老 庄 叔叔，叔叔……不不，哥！哥！您回去好好休息！

邻居先生 喔哟！

邻居先生下。

舒彤一气之下进厕所。

老 庄 这么晚了，你听什么音乐啊？人家明明是神经病，你干吗去惹他？这么晚了，还敢这么大声！人家才不管你是不是小说家、艺术家……

楼上敲击声。老庄突然发现自己很大声。

（对上面，唯唯诺诺地）对不起，哥，对不起……不是故意的，您早一点休息……晚安！

老庄回到床上。灯光渐暗。

洞勾

调钢琴声。灯光渐亮。舒彤坐在大玻璃前写稿子，调音师在调钢琴。乞丐和制作炸弹的女工越过舞台，他们不属于1943年或2019年，是另一个时代的人物。他们下，钢琴师下。小如上，拿着一杯咖啡给舒彤。

舒　彤　什么？

小　如　不知道。

舒　彤　为什么？

小　如　不敢替你点，我跟柜台小姐说随便。

舒　彤　那我喝。

小　如　真的？那太好了！

小如手机响，《学猫叫》铃声。

铃　声　（声音）“我们一起学猫叫，一起喵喵喵喵……”

小如不小心把饮料掉在地上，洒了一地。

小　如　啊！怎么会这样？对不起，舒老师！我实在太不合格了！

小如接电话。

喂，老庄……嗯，约好了，那太好。

小如赶紧收拾，擦干。

舒　彤　老庄什么事？

小　如　其实我们都很担心你，舒老师，所以我们帮你预约了一个很有名的医生。

舒　彤　什么？

小　如　瑞金医院的脑神经外科，非常难约的。

舒　彤　要检查我有没有神经病？

小　如　不是！只是做一个脑部核磁而已。你不是有时候会听到一些声音吗？

舒　彤　你当我疯了。

小　如　绝对不是，但是你不可以否认……你听到一些声音……我们总是应该不要冒险才对。

舒　彤　错！我们就是应该冒险才对！“恋人、疯子和诗人都是同一材质打造的。”

小　如　啊？

舒　彤　你书读到哪儿去了？莎士比亚说的。你把灵感当精神病！想证明艺术家都是疯子！想把我们全部拉回到庸俗的现实！

小　如　真的不是，舒老师！

舒　彤　要你这种助理干什么？你看，我自己去图书馆就找到了这些资料，你看。

小如翻资料。

小　如　“文革”时期确实很多人住在这里面，直到改革开放后才慢慢把这些住户迁走，又恢复工厂，做鞋子。后来生意失败，做文创园区。然后……好像也不太成功，就……改成现在的样子。

舒　彤　可惜就是找不到更早，“二战”时期的……

老庄上。

老　庄　这栋房子“二战”时期的资料，我这儿有。

舒　彤　啊？你怎么不早拿出来？

老庄拿出一叠资料，舒彤看。

老　庄　怎么样？我还是有一点办法吧？

舒　彤　……1933年，哇，这里已经是一个工厂，是重工业的，做大型车间，属于……

老　庄　一个叫“董氏企业”。

小如拿过资料，看。

小　如　（看资料）1936年之后，改做钢琴，“董氏钢琴”，国产最好的。老板董先生希望普及钢琴教育，做出物美价廉的好钢琴。

舒　彤　然后呢？

小　如　然后1941……工厂迁移，就空在那儿，直到……1943年10月租给了一位叫作李永福的先生，每月租金是23元，然后就……就没有了。奇怪？这是什么？“日本上海办事处警察局报告”……

舒　彤　“1943年10月20日。本局于昨19日破获地下组织，于董氏厂房的原址，搜索出地下工作作案仪器，终结地下工作。”……

老　庄　喔。（划手机）

沉默。

舒彤睁大眼睛看，起身大喊大叫。

舒　彤　小心!! 10月19日！赶快搬走！他们已经发现了!!

舒彤疯狂地在仿古收音机上找音乐，一时找不到音乐，各种收音机的声音出现。

不能待！赶快走！你们听得到我的声音吗？

老庄和小如看着舒彤。

他们要来了!!

老　庄　哎，舒彤……你这是在……？

舒　彤　我们要赶快警告他们！

小　如　警告什么？谁？

舒　彤　就是跟你说的他们！

老　庄　慢点慢点。

舒　彤　来不及了！ 10月19日！

老　庄　还早呢。

舒　彤　对他们不早！马上就来了！

老　庄　不着急。你是说你最近听到的这些声音？走，我约好了医生。

小　如　就约现在，平时挂号的话你下个月还挂不上！

舒　彤　要赶快想办法让他们知道。

老　庄　好，可以。先跟我走吧，车子已经在门口了。

舒　彤　不是，你不懂！他们现在有危险！要赶快告诉他们！……

老庄把舒彤带下，小如留在公寓。

邻居先生上，出现在门口，对小如，停顿。

灯光变化。

幺洞

1943 年的《亲吻》内部已经被掏空。许多碎石在地上。工人三、工人四在一旁帮助收拾地上的碎石。

工人三 哇，白老师动作真快。

老　李 还好有这两位小同志这么认真帮忙。

工人三 你知道白老师已经两天两夜没睡觉了。

老　李 所以这才是组织需要的人，我们都要向白老师学习。快，把这些石头带出去，不要给人看到。到江边会有人接应，我们直接倒到江里。

工人三、工人四把碎石头装载到工具车上，带出去。
白石带一杯茶上。

老　李 装得了一个人吗？

白　石 不止。“掏空才能装满”。现在很空，装两人都可能。

老　李 两个人，在里面也要摆这个造型？希望幺洞幺一定选我，然后我跟安娜进去，然后我们根据雕像的曲线，然后我们的嘴唇就这么近……她身上的香味……我在说什么 ?! 呸呸呸 !!

白　石 你就慢慢做梦吧，现在就是这个暗门必须隐藏好。你现在看怎么样？

老　李　不错，已经看不太出来。“幺幺洞捌”，设计得太完美了。在军官俱乐部，从雕像出来餐厅的主桌就在你面前。问题在退路。

白　石　退路怎么样？

老　李　这就是计划唯一的缺陷。没有。

停顿。白石点头。

白　石　能靠这雕像进去就不错了，就不用考虑怎么出来。

老　李　希望幺洞幺挑中我作为“幺幺洞捌”木马里的雅典兵，让我这没用的生命好好发光，一次就好。

白　石　那怎么行？你家乡不是还有人等着你？老李，你要活到很老很老，你要子孙满堂！

老　李　你不是也有人等着你？

白　石　我？谁会等我？一个眼盲的破艺术家，世界上没有一个家人，我为谁而活？我这最不值钱的命，随时准备好了。

老　李　我说安娜。

白　石　不可能。

老　李　老师，我看到了，在她对你的眼光，在你说到她的语气，你们彼此的尊重、爱慕，爱。等胜利……等胜利。

敲门声，有暗号。老李立刻去开门，安娜又上。钢琴调音师下。

这么早？安娜，你现在才下班？这些鬼喝到天亮？

白　石　嘘。

如常，老李打开密室，安娜把外套脱下，坐着，镇定、专注。白石帮她准备一杯水，她今天说话的速度比以前更快、更急。

安　娜　这是田中：（日本口音）你明天下午直接到汉阳路 113 号 3 楼。对。晚上跟司令吃饭，那都安排好了，在俱乐部，但是下午有重要的事要先跟你……开会商量！哈哈，汉阳路 113 号，从后面的弄堂进，不要让警卫看到你。那是一个特别的地方。我请你喝香槟……为什么？因为要庆功！庆什么功？庆祝我和你！

停顿。

这是佐藤：（日本口音）那个浑蛋巴嘎[2]跟你说什么？喝香槟？庆功！巴嘎！他懂个屁！明天什么日子？你不可以去。因为明天晚上我请你吃大餐。这才叫作为后天庆功！没错，司令明晚有晚宴，但他都是请九点的，饿都饿死了。你六点钟直接到霞飞路和佛格森路口，士官会带你进去，都交代好了，现在法租界已经给天皇了。我们先来一顿最甜蜜的餐前点心！这是大交响乐前最美好的序曲！不过这个事情没有人知道，餐厅已经全部包下来了。你不要再理田中，他在 2315 行动中不得力，马上要被冷冻。

停顿。安娜举手。

还有……

安娜专注，开口。

夕方には、レストラン全体が梱包されているので、私たちの人々はドアの向かい側、裏側、アパートの 2 階に送られます。 すでに手配済み。 合計 40 人が割り当てられた。 キッチンは検査されていて、シェフは問題ありません。

（晚上整个餐厅已经包下来了，所以我们的人要派在门口、对面、后门，还有旁门有一栋公寓的二楼。已经都安排好了。总共四十人，都分配好了。正在检查厨房，厨师也都没有问题，我们会全程看着，请你放心。）

沉默。

安娜举手，老李把录音机关掉。

老李处理录音资料。

对不起。

白　石　干吗对不起？

安　娜　我只能重复我听到的，我没办法告诉你什么意思、什么重要。

白　石　这样已经够了。上次你录的我们发给幺洞幺，成功地躲过了一次大后方的空袭。你的家人都在重庆，你应该高兴才对。

安　娜　我……太晚进入工作，没法阻止白老师家乡的空袭，以及为老师……白老师，您的眼睛，是我欠您的。

白　石　什么话？

沉默。老李拿唱片给白石。

老　李　白老师，用这一张吗？

白石找唱片。

白　石　不是。这种信息要直通幺洞幺，我们今天改用勾两五千赫。

老　李　我们用勾两五千赫。

老李换唱片，二人熟练地准备广播的机器。安娜起身，帮白石倒茶。老李给手势。

白　石　（对话筒）各位爱乐的朋友好，爱乐朋友们对于贝多芬第八号钢琴奏鸣曲第二乐章有着非常大的反响。我们今天一起来欣赏另一个版本，由班诺·莫塞维兹演奏。

白石放唱片，老李加入杂音密码。

安　娜　白石，过来喝杯茶吧。

白石起身，到安娜旁边。安娜递一杯茶给白石。白石和安娜喝茶听音乐，安娜落泪。

白　石　怎么了，安娜？

安　娜　没事，我以前每弹这首都会掉眼泪。我感觉到世界的一切希望都在这首曲子里，而这个世界，其实是没有希望的。记得我小时候第一次来这里，还是个铁工厂，我爸爸的办公室就在楼上。我爸爸很得意地说，这个地方可以制造炮弹。我说，爸爸，为什么要制造炮弹？能不能做钢琴？后来，这里就变成钢琴厂，制造出来第一架就是给我的。我在那架钢琴上学了所有曲子，这首贝多芬，还有巴赫、莫扎特。我父亲坚持我们中国人一定能做出世界级的钢琴，还特别请了一位日本师傅调音，每架钢琴出场之前都是他来检查。他就是我的老师，还记得每逢过节都在我们家吃饭，跟我们家人一样。等胜利以后，我想恢复这里。

白　石　等胜利以后，你可以继续学钢琴，发挥你的天才。

安娜摇头。

安　娜　下辈子吧。在我做安娜之前的那个身份时，手指被掰断了。跟你那次行动中的眼睛一样。我们都失去了太多。

沉默。

白　石　你耳朵为什么这么好？

安　娜　我就是小时候任何曲子听一次就会弹。如果没有打仗，我早在维也纳学钢琴。

白　石　你一定在欧洲最辉煌的舞台上演奏。

老　李　可是，这些日本军官为什么要跟你说那么多？

安　娜　我也不知道，可能我平时都不说话，人家就喜欢跟我说话。

老　李　可是说那么多，而且都是秘密？日本人不是纪律很严吗？

安　娜　日本军官也是男人，男人从古到今都需要在女人面前表现自己。这是达尔文说的。不知道为什么，他们总是喜欢在我面前吹牛。喝了两三杯下去，跳了两三支舞，旁边有一个得不到的……

白　石　尤物。

安　娜　得不到的就是尤物，就是得不到我才能生存到现在。有一天，如果让他们得到，我就算完了。所以我在想，可能我们这种工作方式要结束了。等这次行动完，安娜就要消失，就像以前我其他的身份消失一样。

白　石　2019？

安　娜　啊？

突然之间，收音机放出歌剧《托斯卡》的咏叹调《为艺术，为爱情》。

安　娜　听……

白　石　幺洞幺直接对我们发话……！

安　娜　《托斯卡》。

白　石　这一张只有在紧急的情况才用的。

白石仔细地听，老李在纸上记下笔记。

安　娜　这是托斯卡要牺牲前唱的："我一生为了艺术，一生为了爱。我暗中帮助了许多人，我信念从未动摇……为什么，为什么，老天，你要如此对待我？……"

老李听完了。

老　李　"大交响乐将提前到后天演出，之前的牌局全部取消。明天有机会和牌，单吊或通吃皆可。立刻进行'幺幺洞捌'行动。"

安　娜　“幺幺洞捌”？

老　李　可是还没布局好！下个月才能进行“幺幺洞捌”！怎么会……？

白　石　你刚不是说了吗？“大交响乐将提前到后天演出”，这就是佐藤的生化武器要行动了。

安　娜　下午会田中，傍晚与佐藤餐叙，晚上是司令的宴会。

白　石　一个一个单吊。

安　娜　万一不成，晚上宴会三个人餐桌上坐一排。

老　李　通吃！可是雕像要进去俱乐部才行。

白　石　不管。幺洞幺要我们先单吊。

安　娜　第一个，汉阳路田中别馆，我没办法带家伙进去。

白　石　我们会先布局。

老　李　我进去过。我会把家伙放在他三楼卧室卫生间的窗外右手边。

安　娜　你们怎么上得去？

白　石　这你就不用担心，交给我们。

老李在武器箱里选一把手枪，拿给安娜看。

老　李　就是它，给你都装好了，伸手就能拿到，走出厕所就开枪！

安娜点头。老李穿上外套，准备下。白石仔细听音乐。

白　石　还有……

安　娜　什么？

白　石　幺洞幺已经发出了幺陆拐信号。

老　李　幺陆拐？

白　石　这次行动如果受阻，就表示“幺陆拐”，1——6——7：“一路放弃”。无法支援，好自为之。

安　娜　知道了。

敲门声，没有暗号。安娜快速往后门去，老李冲去看。

老　李　后面有人。

安　娜　走不了。

白　石　你先上楼。

安　娜　啊？

白　石　我想办法。

潘国雄　（声音）开门啊！

白　石　哦！哪一位啊……？

敲门声持续。安娜上楼，老李快速关闭密室。白石坐下来雕刻，老李去开门。

潘国雄和两个日本兵上，日本兵到处看。

潘国雄　哟，哥们儿，这么早就在听西洋歌剧？真精神啊！

白　石　没有一点灵感哪能完成你这个破订单！

潘国雄　哎哟，我的订单现在是破的，可我付给你的钱可一点都不！

白石去留声机上放唱片，大声的大乐团爵士乐。

白石突然开始疯狂地雕空气。潘国雄看着他，笑。

又在干什么？你们这一行还有热身操？还是你在练功夫？大师有什么气功要灌在我的雕像上，赋予它特殊的生命？

白石不理他。潘国雄拿出公事包里的一张黑胶唱片。

西洋音乐这玩意儿我实在听不懂，还是听戏痛快。劳驾您放上，哥们儿。

老　李　以后还有戏可以听吗？

安娜出现在 2019 年空间中的二楼，她惊讶地看着四周。

潘国雄　哎哟，你们都想错了，而且情绪都太大。大日本帝国的目的不是要消灭我们中国文化，它是……（想不出词）它不是……它就是要改善我们的生活！中国人嘛，需要做一个改变！

老李把京剧唱片放上。潘国雄陶醉，往长板凳坐下，看到两个茶杯，拿起安娜的茶杯。

哎哟，茶还是热的。

老　李　那是我们在喝的，马上为你沏一杯！

潘国雄　不！（喝）真香啊。雕像现在情况怎么样？

老　李　差不多。

潘国雄　那今天就送过去吧？

老　李　今天？……可是……

潘国雄　今天长官都在，他们可以一起犒赏我。（自我幻想）掌声鼓励！

老　李　可是……很多收尾工作还没有做好。

潘国雄　那就做啊！

老　李　表层还要打磨……

安娜小心地下楼。她其实已经进入舒彤的空间，小心地走入房间。潘国雄突然把整杯茶泼向老李的脸。

潘国雄　大日本帝国需要你今天送就得今天送！

老　李　尾款都还没有给我们，雕像不能送。

日本兵一　巴嘎！

停顿。白石突然发飙。

白　石　（拦老李）老李！（大声）潘国雄，你给我听着，你这个烦死人的破订单我已经受够了，我就当它做完了，我也不打磨了，我今天就送出去了！我不想再碰它了！也不想再跟你打交道！你尾款不给我我都无所谓！拿去！

潘国雄　哎哟，哥们儿那我就代表大日本帝国跟你说一声，阿里嘎多[3]！

白　石　潘狗熊，没事的话你可以滚了！

潘国雄　啊哟！哥们儿，情绪这么大？来，听听戏，消消气，我们还是好兄弟！

安娜研究着2019年陌生的空间。小如上，手上带了一些资料。

小　如　爱德华，你怎么了？（看见安娜）啊 ?! 欸你怎么这么快就回来了？你怎么穿成这样？爱德华，转台。转台！我在看

《复联 4》！

安娜不语，仔细地看着小如。小如自己的电脑出现广告声音，安娜好奇地听。

广告声 ……满 799 送健身大礼包，包里有浴巾一套、运动水杯、海绵宝宝游泳裤，还有一双 Hello Kitty 拖鞋，机不可失时不再来！……

小　如 我 × 我都充了 VIP 了，还要看广告 ?!

广告声 开天辟地头一遭！劈中你别犹豫，错过后悔一辈子 !!

小　如 （同时）核磁共振结果出来没？不是，你怎么那么快？老庄是直接叫滴滴还是怎么样？

安娜不语，坐在书桌面前，看稿子。

好，没关系，我们慢慢来。你还有听到声音吗？

安娜不语。

现在呢？

小如的手机响，流行歌《学猫叫》的声音。安娜仔细听。

铃　声 （声音）“我们一起学猫叫……”

小如接。安娜好奇地看着小如，专心地听她说话。

小　如 喂，老庄……我等你们可以，但是，舒老师已经回来了……什么？她去买咖啡？不是，她人在这里。你说她要住院……等一下……（对安娜）你要穿这一套去住院？舒老师，这实在是…… 住院要换医院的病号服。哇，你比我想象的还严重！（对手机）喂？喂？

小如下。

1943年。

潘国雄（对日本兵）你们参观完了没有？

日本兵一（指楼上）楼上还没有看过。

潘国雄 那赶快去看啊！

日本兵一 嗨！遵命！

日本兵上楼。老李、白石吓一跳。老李去挡，不成。

老　李 哦……那是白老师睡的地方，可能不方便……

潘国雄 没什么不方便吧，大师？啊？是这样，哥们儿，有人说看到一个风尘女子进到这屋里。当然，白老师是大师，大师不可能认识什么风尘女子，是吧?!她也更不可能出现在白老师睡觉的地方，是不是？哎哟，听说这个小贱货叫安娜，很漂亮，我很想认识一下。大师有机会帮我介绍一下？

白　石 除了你，我不认识任何贱货。

潘国雄突然跳起探戈。

潘国雄 哎呀！真不愧是我的老同学啊。

日本兵一 长官！楼上检查完毕！没有异常现象！

日本兵下楼。老李惊讶，不知道安娜去了哪儿。

潘国雄 “参观”！不是“检查”！啊哟！我们是谁？能去“检查”大师的房间？向大师道歉！

日本兵一、二 嗨！狗妹那赛[4]！

安娜在 2019 年空间中徘徊。

潘国雄 这位安娜听说还是个富家千金沦落街头，真想收容她，让她好好教我几招！是不是？啊哟喂呀我是不是疯了？你看我真会幻想！她是我长官的女人！不对，她是我两个长官的女人！（叹气）唉，你们都搞不清楚。早一天接受这不可避免的结局，不是很好吗？我们就可以早一天回到正常生活。你呀，白石，在日本帝国，盲人福利办得大大的好！哎呀，（京剧腔）早一天想通，早一天脱离苦海！

日本兵一、二 （叫好）好！

日本兵鼓掌。

日本兵一、二 （敬礼，齐声）嗨！敬礼！沙扬娜拉！

日本兵收起唱片，潘国雄和两个日本兵下。老李关门。

白　石 安娜？安娜呢？赶快上去看看。

老　李 什么东西？杀什么羊？两只狗！

白　石 嘘！

日本兵回。

日本兵一 你说什么？再说一遍。

白　石 算了，老李！

老　李 对不起，我说错了。你们不是狗。

日本兵一 那是我听错了？

老　李　是我讲错了。你们怎么会是狗？你们是狗腿上的毛！

日本兵一一拳把老李打到地上，再踹一脚。

白　石　老李……

日本兵一　被狗踹一脚还是会痛吧？

日本兵一、二下。

2019年的邻居先生突然出现在门口，神情严肃。安娜一个人在这空间里，看着他。

邻居先生　小姐，我们之前的沟通不清楚吗？我是精神病，我杀你无罪。你划得来吗？我问你话！你划得来吗？

安娜不语。

你被一个陌生人捅一刀，有意思吗？好玩吗？想玩吗？我是随时奉陪！最多关我七天，第八天我带一束花来问候你！

老李找到唱片，放大乐团的"Someday I'll Find You"，白石拼命雕塑空气，让安娜回来。

安娜不语。

不管怎么说，我都喊你妈了，求求你把声音关掉。（极大声）把它关掉!! 没有用！去不掉！去不掉！钻到我脑子里把我杀了！啊——!!

邻居先生痛苦地下。

安娜走回1943年的环境里，从二楼出现。

安　娜　白石！

白　石　安娜，你回来了！你没事吧？

白石与安娜相拥。

安娜突然举手，然后坐到密室的桌上，示意老李开机说话。老李把高频率关掉，开录音机。

白石检查门口有没有人。安娜开始背诵。

安　娜　你怎么这么快就回来了？你怎么穿成这样？爱德华，转台。转台！我在看《复联 4》！……满 799 送健身大礼包，包里有浴巾一套、运动水杯。我 × 我都充了 VIP 了，还要看广告 ?! 海绵宝宝游泳裤，还有一双 Hello Kitty 拖鞋，核磁共振结果出来没？机不可失时不再来！不是，你怎么那么快？劈中你别犹豫，老庄是直接叫滴滴还是怎么样？错过后悔一辈子 !!

停顿。

（唱）"我们一起学猫叫……"喂，老庄……我等你们可以，但是……舒老师已经回来了。……什么？她去买咖啡？不是，她人在这里。你说她要住院？……等一下……你要穿这一套去住院？舒老师，这实在是……住院要换医院的病号服。哇，你比我想象的还严重！喂？喂？……

安娜说完，精疲力竭，瘫在桌上。白石去安慰她。

白　石　这样的信息太深了。什么意思？这一切？

老　李　好玄。

安　娜　我的工作不是去理解。

白　石　你刚刚躲到哪里去？

安　娜　不知道。

白　石　有危险吗？

安　娜　不知道。

老　李　那……

安　娜　等一下，还有。

安娜又举手，坐下。他们录音，安娜专注。

小姐，我们之前的沟通不清楚吗？我是精神病，我杀你无罪。你划得来吗？我问你话！你划得来吗？你被一个陌生人捅一刀，有意思吗？好玩吗？想玩吗？我是随时奉陪！最多关我七天，第八天我带一束花来问候你！不管怎么说，我都喊你妈了，求求你把声音关掉。（极大声）把它关掉!!没有用！去不掉！去不掉！钻到我脑子里把我杀了！啊——!!没有了。

停顿。

白石拿茶给安娜。安娜坐在桌边。

白　石　刻意用南京话，肯定是重要情报！休息一下。今天就行动了。

老　李　白老师，这要用哪一张回报？

白 石 这太玄了，直通幺洞幺吧。

老 李 我也觉得。

他们处理录音带，放出贝多芬《悲怆》第二乐章。白石就录音位。

白 石 （对话筒）各位爱乐的朋友好，大家对于贝多芬第八号钢琴奏鸣曲的热爱持续。我们一起来欣赏另一个比较深奥的版本。

白石放唱片，老李加入杂音密码。

灯光变化。

幺幺

2019年深夜。小如从外回，到舒彤的书桌上，整理一下稿子。她停下，喝她自己的咖啡。

老庄从浴室出。

小　如　哇，我看到她那一身穿着，我真的吓一跳。难道要穿成那个时代的样子才能写那个时代？

老　庄　什么？我怎么没看到？

小　如　连发型都做了，实在是比我们想象的严重。那她要住院住多久？

老　庄　不知道，看看需要多久，起码今晚住院。

老庄走到小如背后。

小　如　那我们……？

老　庄　那我们就好好放松一下，明天早上我们一起去新的办公室上班。

小　如　对，旧的办公室已经没有了。

老　庄　被吞了，被灭了，新公司很快就可以上市。恭喜我们，你真是快手。

小　如　我太喜欢这个房子，就想在这房子里跟你……

小如开始脱衣服。

老　庄　跟我干吗……？

小　如　你需要一篇小说，我给你一篇小说！现在已经在写下一部了！

老　庄　厉害！

小　如　所有舒彤写不出来的，我全部给你……

两人拥抱，上楼，继续脱衣服。

幺两

女工、乞丐走过舞台。从另一边，戴着防毒面具消毒的清洁工清洁空间。他们互相之间没有任何交流，好像在不同的时间里。
1943年的白石上，焦虑，等待。两声枪响。白石注意听，发现是自己想象的。
门开，安娜、老李冲进来。安娜身体虚弱。

白　石　成功了？

沉默。

田中……

安　娜　我一进门，他就强迫我，我想没关系，完事了总可以进厕所，但突然之间紧急集合，他把我赶出去，一点机会都没有。对不起。

白石抱着在发抖的安娜。

白　石　浑蛋！什么野兽？

白石愤怒。

老　李　这些禽兽！我们要忍受到哪年哪月哪日！

停顿。

他们还没有警觉到行动。

白　石　“幺幺洞捌”行动换牌单吊。

老　李　佛格森路。佐藤。

白　石　安娜，就照我们说好的，你的位子桌子下面会放好枪。其实，已经放好了。

安　娜　那必须今晚终结。我的命已经不值钱了。

敲门声，没有暗号。

老　李　注意，后门有人。

白　石　安娜，赶快跟早上一样。

安　娜　早上？

白　石　我想办法把你送到你上次去的地方。快，上楼去。

老　李　白老师！

白　石　等一下！

安娜上二楼。

白石放大乐团版的“Someday I'll Find You”。

老李开门。两位日本兵上，一句话不说，一位开始搜索房子，另一位检查雕像。

老　李　狗没有来？狗腿来了。

日本兵一　（没听清楚）什么？你们有没有见到可疑的人物？

老　李　有，就是你们。

日本兵一　给我小心一点。

白石雕塑空气。

日本兵看，迷惑。

他在做什么？

老　李　雕空气。

日本兵二　什么？

老　李　雕塑空气，雕塑时空。

日本兵一　做什么？

老　李　他大概想象在雕你的日本小鸡鸡。

日本兵一　什么？

日本兵到处搜索，包括二楼。在二楼，他们并没有看到什么，又下了楼。

1943年的日本兵一查完所有空间。安娜已经不见了。

日本兵二　报告，没有任何可疑人物。

安娜在2019年的二楼空间。深夜，她突然看到小如和老庄躺在床上睡觉。

小如半梦半醒，坐起来，与安娜面对面。

许久。

安娜下楼，从大门下。老庄还在打呼。

小如看看四周，以为自己在做梦，又睡回去。

1943年的日本兵一开始研究所有的唱片。

日本兵二　吵死了！报告，贝多芬 deska？

日本兵一　第八奏鸣曲？

老　李　好听。

日本兵一　可是为什么有这么多张？不同版本？

老　李　喜欢。

日本兵一　我们老板也会喜欢。其他这些呢……

日本兵一拿起许多唱片。

老　李　欸欸！那是我们的……

日本兵一把唱机上的唱片取下，突然间砸在地上，踩烂。日本兵二用白石的雕刻工具猛烈地把一叠唱片刻成碎块。

停顿。

日本兵一　以后多听日本音乐。沙扬娜拉！

老　李　是。

日本兵下。

白石、老李紧张地捡起地上的唱片。

白　石　怎么？

老　李　唱片全部被他们弄烂了！

白　石　安娜！

灯光变化。

鼾声起。

幺叁

2019年的舒彤从医院回，开门，进公寓，同时1943年的公寓有一种忙碌、紧张的气氛。

舒　彤　我就不住院！你不退我钱我也不住！你能拿我怎么办？把我关起来不成？……

她听到老庄打呼的声音。

老庄，你太过分了哈！你就把我放在那儿，也不问我到底想怎么样？ 老庄？

舒彤上楼一看，发现小如和老庄在她的床上抱在一起。

沉默。舒彤在二楼痛苦。

小如醒来，看到舒彤。

小　如　舒老师？

舒　彤　原来真相躲在夜里黑暗的角落。

停顿。

小　如　惊讶？

舒　彤　并没有。

小　如　你又换装了？

舒　彤　啊？

小　如　医院不让你穿旗袍？你回去吧！今晚你的床在医院！你不

回去他们也要把你抓回去!

舒　彤　你喜欢这张床，是不是?

小　如　啊?

舒　彤　今晚不是你睡就是我睡。

小　如　怎么样?又要像《拿铁男女》里一样骂我小三?我告诉你，我会写!你写不出来!关键时刻你写不出来就是写不出来!

舒彤听到钢琴调音的声音。

舒　彤　你不是小三，你是小瘪三!你这焦糖玛奇朵手打阿萨姆拿铁做的贱货，滚回去!

小　如　你凭什么要我滚出去?

舒　彤　我没有要你滚出去，我要你滚回床上去。

小　如　啊?

舒　彤　现在这张床是你的了。

停顿。

小　如　男人要的是有能力的!

舒　彤　他这种男人要什么你知道吗?他要看手机上在贱卖什么才知道!

舒彤把小如推回床上。小如坐在床上，不服气。

老庄继续打呼。

1943年白石和老李还在整理能放的唱片，白石找到一张。

白　石　只剩这一张可以用了。这是紧急情况才用的。

老　李　是。

舒　彤　（仿佛听到）紧急情况。

白　石　放。

他们放出普契尼歌剧《托斯卡》中的《为艺术，为爱情》，杂音很大。

舒彤听到音乐。

舒彤转向白石，她可以看到他。

两人在公寓的中间感觉彼此。

白　石　安娜？你回来了吗？

舒　彤　1943？我看到你了。

白　石　2019？你是2019？

白石转头，手摸舒彤的脸。

还是安娜？

舒　彤　白石，我……

许久，两人走向彼此，伸出手。

1943年的老李上。

老　李　安娜？……你回来了！你这身穿着是……下一个任务？

白　石　原来2019是安娜的下一个身份。

老　李　安娜是两洞幺勾？我没听过有那么多号。

舒　彤　不是，我……

白　石　有太多事我不理解，我也不问了。

舒　彤　白石，今天几月几号？

白　石　干吗？

舒　彤　你说。

白　石　10 月 19 日。

舒　彤　赶快走！

白　石　是，我们马上要走了！

舒　彤　不是，要离开这里！

白　石　没错，行动提前了。

舒　彤　幺幺洞捌？

白　石　是。

舒　彤　可是资料写得很清楚！ 1943 年 10 月 19 日，在这间屋子里，发生了事情。赶快离开！

白　石　你怎么知道？又是王先生？

舒　彤　王先生不知道这些。

老　李　安娜你冷静一点，虽然有些仓促，但一切都准备好了。今天必须行动。

舒　彤　不然？

白　石　不然佐藤的生化武器要出动了。

老　李　那是无法想象的场面。

白　石　那是不可言喻的残酷。多少无辜的人们、小孩……上海将成为一个大屠宰场。在这个关键时刻我们需要你……安娜。

沉默。

舒　彤　我来了。

白　石　可以吗？

舒　彤　你说的：胜利不会自己到来的，必须有人去做。

舒彤去换旗袍。

2019年，突然之间，大声的敲门声，邻居在喊叫。

小如到楼下。

邻居先生　哎哟你们门开这么大，就是要把我弄疯是不是？

小　如　先生，没有声音欸！

邻居先生　根本就是有声音！你把它关掉！你把它关掉!!

小　如　可是真的没有声音啊……现在很安静！

邻居先生　你很安静，我快要被你弄疯了！

小　如　好好，我把电拔掉总可以吧？

小如拔电。

邻居先生　还是有啊!!……只有一个办法了！

邻居先生一口气把收音机摔到地上，摔烂。

小　如　……哎哎！爱德华！……

停顿。

邻居先生　舒服了……

邻居先生下。老庄在楼上打呼。

1943年，舒彤回，穿着旗袍。白石感觉到她。

老　李　时间差不多了，准备行动。

白　石　你的座位就是面对花园大玻璃门的位子，千万不要坐到背靠玻璃门的位子。枪就贴在桌子下方，你去摸桌布中间一个缝，一把就抓到。

舒彤、老李下，白石送到门口。

布景开始转换，成为优雅的法国餐厅包房。

白　石（声音）这家法国餐厅有一个大厅，大厅会是空的，后面就是包间，大玻璃门开向花园。你就在大玻璃门前等待。这时，月亮正升起，佐藤会一个人走进来，不带侍卫。是这样的话，一切就照常。不要急，千万不要去摸桌子下方。要有信心，等好机会，你往桌下顺手一抓，一个动作就起，直接开两枪，然后镇定地走入花园。老李会在那边接应。

布景、灯光变化完成。

幺肆

典雅的法国餐厅包房。优雅的钢琴乐。

舒彤一人站在大玻璃门前，月亮从外面照进来。侍者正在摆餐具，做最后调整。

侍者下。

佐藤一人上。

佐　藤　安娜你来了。

舒　彤　佐藤桑……

舒彤转向他，佐藤慢慢走向舒彤，舒彤微笑。两人拉手，看窗外。

佐　藤　月亮正升起。安娜，我平常不是这样的，但是看到你，看到月亮，就情不自禁。来，旁边有个房间都准备好了。

舒　彤　我们还是尝尝法国的美味吧。

佐　藤　需要吗？

舒　彤　这家餐厅是全上海著名的法餐，大厨还是巴黎来的。

佐　藤　哦，那也好。来，请坐。

舒彤往她指定的位子坐，佐藤不让。

不不，你必须坐这儿。

佐藤规定舒彤坐在背对窗的位子，舒彤坐下。

舒　彤　我能坐那儿吗？我想看看这月亮。

佐藤在舒彤对面坐下。

佐　藤　不，美丽的女人，我要你坐这儿，好让我欣赏这完美的图像。你，玻璃窗，月亮，月亮照在你细腻的皮肤上……

舒　彤　说什么？

佐　藤　对对！不应该！（拍手示意服务员上菜）上菜！ 上菜！

服务员上菜。

这个法国菜，是没什么好吃的！还是吃我们的生鱼片来劲。尤其是，明天要发生大事情！哎哟哟，没事，明天没事！来，吃。

舒　彤　其实你试试看，很好吃的，这是开胃的，等一下最好吃，鹅肝马上就上来了。

舒彤站起来，走到佐藤身边。

喏，这个好吃，你尝尝。

佐　藤　其实好吃的是……

佐藤想要抱舒，舒把他手拿开。佐藤站起来，把舒彤按在桌上，在左侧。

舒　彤　怎么那么急呢？

佐　藤　这种事怎么能不急呢？

舒彤刚要坐下，又被佐藤拉回，又推到桌子上，又推开。

舒　彤　真的这么急啊？那就来吧。

舒坐下，佐藤上，舒想推开，想拿枪，未果。
侍者上鹅肝。

侍　者　这是我们招牌的鹅肝。

佐　藤　巴嘎！你们没有眼睛！不会看！

佐藤坐到背靠窗的位子。

扫兴。

舒　彤　既然送来了，就吃吧。听说吃完鹅肝，一切更有情调，知道吗？

佐　藤　哈哈是是……欸？我怎么坐在这个位子了？你真是太迷人了，把我搞得都糊涂了。

舒　彤　佐藤桑过奖了，请吃。

佐藤尝一尝。

佐　藤　吃吃吃……哎哟，真好吃！我们每天都可以来吃，明天晚上也可以来庆功嘛……

舒彤拿枪快速站起，对佐藤开两枪。

灯突暗。

幺伍

警报声。灯光渐亮。1943年。白石已经换成了一般工人的服装，伪装了自己。他和工人三正在一个垃圾桶里烧毁文件。密室门是开的，录音机和器材已经不在了。

工人三 车子约好了，等一下就到。

白　石 好。

老李、舒彤回来了。老李受伤了。工人三赶紧关密室。

怎么了，老李？

老　李 没事。成功了。

白　石 成功了？干掉佐藤了……？

舒　彤 我完全没有想到是这种感觉，刺激到……

老　李 一切照原计划，继续推进。

舒　彤 可是奇怪……那都不重要。

白　石 什么？

舒　彤 刺激。即时满足感。没事。

工人三拿出医药箱，及一件工人服给舒彤。舒彤去换衣服。

白　石 欸老李你怎么了？你在流血！

老　李 还行，有时放点血是好的。

白　石 到底怎么回事？

老　李　没事，翻墙的时候被扫到一下。

白　石　伤到哪儿？

工人三　肚子上全是血，压都压不住！

白　石　有没有人跟？

老　李　应该没有，但是全城在抓安娜。没事，我先进雕像了。我撑到晚宴绝对没问题。

白　石　什么撑到晚宴？！你这样去等于毁了我们任务。我以你组织的名义命令你，马上撤离。（对工人三）来，现在把他带到弄堂口柿子摊，走进去最里面会有接应。赶快从后门走。

老　李　那谁执行任务？

舒彤上，穿着工人装。

舒　彤　有我在！

老　李　可是……（痛）啊……

白　石　快！

老　李　白老师，安娜，我们后会有期！

沉默片刻。工人三扶着老李一拐一拐地从后门下。

白　石　来，坐一下。

白石准备了两杯茶，他们两人坐在长板凳上。

舒　彤　（闻）秋天的铁观音，还剩一丝桂花香。

舒彤拿柿子给白石吃。

柿子。

白　石　刚上市的。

两人吃柿子，享受着平凡的美丽。舒彤看到白石扣子没有扣对。

舒　彤　你这边……

白　石　啊？

舒彤帮白石扣扣子。

舒　彤　你这个扣子没扣好。

白　石　出门前一定要照镜子。

两人笑。

舒　彤　我一直来不及和你说一件事。

白　石　说说。

舒　彤　有第三个。

白　石　第三个？

舒　彤　第三尊。

白　石　巴米扬？

舒　彤　有另一尊据说是在山谷底下，很深的地方。是卧佛。

白　石　王先生告诉你的？

舒　彤　对，这事王先生还知道。

白　石　没有被毁掉？

舒　彤　还没有被发现呢，还在地底下。

白　石　所以，还有希望。

舒　彤　什么希望？

白　石　不知道。

停顿。

安娜，你的耳朵这么好，我想说一句话让你永远都记得。

舒　彤　什么？

白　石　我爱你。

舒　彤　我也爱你，白石，我一直爱你，不管世界怎么样，我都是爱你的。

舒彤看表。

差不多了。那就再会了，白石，我进去了。

白　石　谁说的？我不会让你一个人。

舒　彤　那我们一起。

白　石　可能会有一点挤。

舒　彤　我不怕。跟你在一起挤一下，多好。

停顿。两人相望。

等任务完成了，我们再跳支舞。

白　石　那是我的荣幸。

白石、舒彤要相吻，突然被门外声音打断。敲门声，没有暗号。两人把雕像打开。

日本兵一　（声音）就是这一栋，赶快！

日本兵二　（声音）后面有一个小出口！守住！

舒　彤　这一刹那就是永恒。

两人躲进雕像。

门爆开，两个日本兵入，潘国雄跟在后面。

潘国雄　人呢？这些人跑哪儿去？人呢？

日本兵到处看，发现医药箱。

日本兵一　欸？这里怎么有血？

日本兵二发现密室。

欸？这里怎么在冒烟？这里怎么有个暗门？（推开）哎哟?!原来这里是个密室啊。

日本兵研究密室。

潘国雄　巴嘎！浑蛋王八蛋！这些人原来是臭地下党，这就是他们的秘密据点。我们来那么多次居然都没有发现，你们是干什么吃的！

潘国雄发现唱机上的唱片。

哎哟，还剩这么一张！怎么不拿给长官？

潘国雄放唱片。歌剧《托斯卡》中的《为艺术，为爱情》。

敲门声。日本兵拔枪，开门，是两个工人。

进来！

工人三　白老师呢？

潘国雄　你有什么事？

工人三　呃……车子来了，我们来搬雕像。

日本兵看着潘国雄。

潘国雄　哦，光顾着抓人都忘了，搬吧。

工人搬雕像，日本兵一阻止他们。

日本兵一　今天是要抓地下党，不搬了。

潘国雄　不是到处去抓了吗？该做的事还是要做。（对工人）搬吧。

工人搬雕像，日本兵一阻止他们。

日本兵一　（对工人）你是哪一家搬家公司？

工人三　和风。

日本兵一　老板的名字？

停顿。

潘国雄　问他们这些干什么？我们常常用他们公司，你不认识吗？（对工人三）你认识我吗？

工人三　狗汉奸！

潘国雄打工人三一巴掌。

潘国雄　搬吧。

工人搬雕像。

日本兵一　等一下！

工人停。日本兵把包雕像的布取下，检查雕像。

这里怎么会有小孔？难道……里面藏了人吗？

日本兵二检查，推开工人三。工人三突然拔枪，打死日本兵二。日本兵一立即开枪射杀工人三、工人四。

日本兵一回头看潘国雄，潘国雄已经拔枪对着他。潘开枪，打日本兵一，日本兵一倒地。

我就知道是你，幺洞幺！

潘国雄到雕像边，试图打开，被日本兵一用机关枪扫射倒地。

潘国雄　（在地上）哥们儿，我尽力了……

日本兵一用机关枪拼命扫射雕像。日本兵一疯狂扫射整间屋子。

灯光渐暗。

幺陆

灯光渐亮。

工人在扫地。工人在搬东西。舒彤的家具正在被搬走。安娜呆坐在书桌前，中介在点家具。

中　介　舒小姐，差不多，东西都搬走了。该走了。

安　娜　敝姓董。

中　介　啊？你……？

安　娜　叫我安娜。

中　介　好，安娜，可以。安娜，该走了。可惜啊，当时你没有把它买下来啊。其实机会还有，我是竭诚为您服务的。

安　娜　你是……幺洞幺那边的吗？

中　介　啊？这楼下幺洞幺、幺洞三都卖出去了！对了，安娜，你接下来要住哪里？我们公司其实有很多选择，这是我的名片，我们加个微信好吗？（尴尬）啊，不方便啊？没关系，离这里三条街有一栋很像这栋的，花园路 167 号，很方便……

安娜看着中介。

安　娜　167？

中　介　对！167。

停顿。

安　娜　那我要去花园路汇报吗?

中　介　你要去花园路汇报吗？啊……其实，你要到哪儿都很方便！喏，真巧！花园路刚好还有167号公交车，太方便了。你看，就是这一辆，刚开过。

安娜看着街上开过去的公交车。

安　娜　167。

中　介　167。到南京路很方便，另一头一直到龙华。

安　娜　龙华？理解了。谢谢你。

中　介　这是我的电话，随时call我。

安　娜　（重复）Call我。

中介下。安娜拿着舒彤的手稿，也下。

1945年。老李上，走路一拐一拐的，看着正在打扫厂房空间的工人。

他穿着一套帅气的风衣，戴着帽子。他已经是领导了。

老李从墙壁中找出电信器材，装起来，当收音机来听。

收音机　（声音）我们热烈庆祝日本投降，八年抗战胜利！同胞们，我们的努力、我们的牺牲，在这光辉的日子，一切是值得的！……

2019年的安娜在房子外面，似乎也听到什么。她坐下来听。

老　李　（对空气）哥们儿……我们胜利了。

工人一　（对老李）这边以后会怎么样？

老　李　老董先生说，这边以后可能会恢复工厂，到时候你们都有工作。

工人一　好啊。

钢琴调音师上，工人帮他把钢琴搬到舞台中央。

工人继续打扫，工人也把剩下的所有家具搬走、清空。

钢琴师坐下来，试钢琴，弹出贝多芬第八奏鸣曲第二乐章。

安娜正在看稿子。舒彤的声音出现在空中。

舒　彤　（声音）安娜来到一个陌生的城市、一个陌生的人生。她回不去了。没关系，我们都回不去了。她努力地适应，去熟悉一种新的生活、许多新的声音、一个新的战争。她努力地寻找回去的路线，虽然她知道，已经 167 了，那条路不存在。

安娜看着窗外。邻居先生走过，看着安娜。

老老李上，慢慢走过舞台，看着老房子，抽烟。他停下来听，空中钢琴以及舒彤的声音。

安娜与老老李看到彼此，两人相看。

一位小朋友上。

小朋友　太爷！太爷！……

老老李回头。

太爷，赶快回家！今天三姑姑他们全部要过来吃饭！每天来这边干吗？

老老李与小朋友下。

舒　彤　（声音）在偏远的阿富汗山区中的巴米扬山谷，在很深的地底下躺着一尊巨大的石佛，正在很深很深的睡眠中……

安娜慢慢回头看屋里。乞丐慢慢走过舞台。

有一天，这一尊卧佛将会醒来，从泥土与石块中现身，重见天日。它会灿烂地发出光芒，让所有看到它的人心中充满慈爱、悲悯，以及宽恕。每一个人会得到力量与智慧，来原谅这冷酷大地上从古到今所发生过所有残暴的一切。

灯光渐暗。

剧终

注释

1 沙扬娜拉：日语音译，“再见”。（本书注释如无特别说明，均为编者注。）

2 巴嘎：日语音译，“浑蛋”。

3 阿里嘎多：日语音译，“谢谢”。

4 狗妹那赛：日语音译，“对不起”。

–《幺幺洞捌》世界首演 –

2019 年 6 月 15 日，上海上剧场
由上海表坊制作、演出

–编剧、导演–

赖声川

–演出–

倪妮 饰 舒彤、安娜 / **樊光耀** 饰 老庄、白石 / **郝光** 饰 潘国雄、邻居先生 / **丁辉** 饰 老李、老老李 / **马靖雯** 饰 小如、搬运工 / **翁雷斌** 饰 佐藤、钢琴调音师、日本兵、清洁工、搬运工 / **宋毓敏** 饰 中介、搬运工、工厂女工、侍者、小孩 / **王夏浩哲** 饰 日本兵、搬运工、乞丐、侍者

舞台设计：赖声川 / 灯光设计：简立人 / 服装设计：吕品 / 副导演：杨哲芬 / 舞台监督：程建雄 / 钢琴演奏：范德腾 / 监制：丁乃竺 / 制作人：杨采薇

赖声川

1954 年出生于美国华盛顿，籍贯江西会昌，生长于美国与台湾，美国加州伯克利大学戏剧博士，前台北艺术大学戏剧学院教授及院长。世界上最著名的华人戏剧家之一，被誉为“现今最顶尖的中文剧作家”(BBC)、“亚洲剧场导演之翘楚”(《亚洲周刊》)。2019 年获得锡比乌国际戏剧节名人步道一颗星的殊荣，成为得此荣耀的第一位华人。其三十余部原创编导戏剧作品对当代华人剧场艺术及文创产业影响甚深。

台湾表演工作坊创始人及艺术总监、上海上剧场艺术总监、乌镇戏剧节常任主席、发起人、评委会主席，创意理论学者（著有《赖声川的创意学》），曾任教于美国斯坦福大学及加州伯克利大学。

赖声川剧作集：第二辑

《曾经如是》

《幺幺洞捌》

《台湾怪谭》

《隐藏的宝藏》

《千禧夜，我们说相声》

《这一夜，Women 说相声》

《那一夜，在旅途中说相声》

赖声川历年作品清单

《我们都是这样长大的》

《摘星》

《过客》

《那一夜，我们说相声》

《变奏巴哈》

《暗恋桃花源》

《田园生活》

《圆环物语》

《西游记》

《回头是彼岸》

《这一夜，谁来说相声？》

《台湾怪谭》

《红色的天空》

《又一夜，他们说相声》

《先生，开个门！》

《我和我和他和他》

《十三角关系》

《菩萨之三十七种修行之李尔王》

《如梦之梦》

《千禧夜，我们说相声》

《新加坡即兴》

《在那遥远的星球，一粒沙》

《乱民全讲》

《这一夜，Women 说相声》

《上海·故事》

《如影随行》

《陪我看电视》

《宝岛一村》

《那一夜，在旅途中说相声》

《梦想家》

《大桥上的对话与独白》

《梦游》

《水中之书》

《蓝马》

《隐藏的宝藏》

《鲸鱼图书馆》

《游园·流芳》

《幺幺洞捌》

《曾经如是》

扫 码 加 入

春潮线上读书会

图书策划　中信出版 · 春潮

策划编辑　杨爽 刘晴

责任编辑　杨心怡

营销编辑　毛海燕

装帧设计　艾藤 严永亮

出版发行　中信出版集团股份有限公司

服务热线：400-600-8099　网上订购：zxcbs.tmall.com

官方微博：weibo.com/citicpub　官方微信：中信出版集团

官方网站：www.press.citic

春潮NOV+